把幸福写在花间
把感恩写进岁月

幸福的遇見

何　西　著

哈爾濱工程大學出版社
Harbin Engineering University Press

图书在版编目（CIP）数据

幸福的遇见 / 何西著 . -- 哈尔滨 : 哈尔滨工程大学出版社 , 2020.10

ISBN 978-7-5661-2736-5

Ⅰ . ①幸… Ⅱ . ①何… Ⅲ . ①诗集—中国—当代 Ⅳ . ① I227

中国版本图书馆 CIP 数据核字 (2020) 第 184773 号

选题策划 史大伟
责任编辑 薛 力
封面设计 李海波

出版发行 哈尔滨工程大学出版社
社　　址 哈尔滨市南岗区南通大街 145 号
邮政编码 150001
发行电话 0451-82519328
传　　真 0451-82519699
经　　销 新华书店
印　　刷 哈尔滨市石桥印务有限公司
开　　本 880 mm×1 230 mm 1/32
印　　张 6.25
字　　数 146 千字
版　　次 2020 年 10 月第 1 版
印　　次 2020 年 10 月第 1 次印刷
定　　价 39.00 元
http://www.hrbeupress.com
E-mail:heupress@hrbeu.edu.cn

序

金秋十月，硕果累累。在这金风送爽、秋兰飘香的季节，我校何海辉（笔名：何西）老师也迎来了属于自己的收获——诗集《幸福的遇见》将付梓，我为深圳外国语学校能拥有如此优秀的教师而感到骄傲。诗集按主题分为：“遇见·成长”“遇见·四季”“遇见·真情”“遇见·美好”和“遇见·你”。打开诗集，一份质朴纯真的感情，吸引我进入他广袤的精神原野和细腻的情感世界，感受诗人字里行间所描绘的那教学相长的喜悦、四季轮回的足音、寸草春晖的亲情、千岁鹤归的乡恋、天涯比邻的友谊、人在旅途的美好、以小见大的感悟，读来温暖、明亮，充盈着他对学校、对学生、对乡土、对乡亲、对生活的热爱，让我领略到诗人心灵苍穹的彩虹与情感世界的潮涌。

何海辉老师深耕教坛29年，敬业善教，爱生如子，是一位有理想信念、有道德情操、有扎实学识、有仁爱之心的优秀教师。他所带历届学生成绩优异，均名列全市前茅，有深圳中考状元，有高考文科探花，有北大直招骄子，有考上全美排名第一的卡耐基梅隆大学计算机科学系的，有获得“国家宋庆龄奖学金”的……此外，为激励学生，何海辉老师花了十多天时间，为班上46名学生各写一首藏名诗，深受学生爱戴，广受家长好评。这些雨润桃李的业绩，给予他太多的灵感，是他诗歌创作的源泉。他以灵动的笔触，在平常的教学生涯中挖掘诗意，摄取人生的风景，表达了对教育与生活的感悟、思考与憧憬。他在诗歌中把对教育教学的感悟、对莘莘学子的关爱、对人生理想的向往、对美好未来的希望交汇在一起， 融进自己的视野和情感中，形成一个色彩绚丽、变幻多姿、多层立体的诗意空间。如诗人写深圳外国语学校学生和老师“最浪漫的青春”的《“深外”精灵》，又比如表达对学生的挚爱与不舍的《毕业》等。

春夏秋冬，四季轮回，是大自然赐予人间最美丽的景色。人生经历也是如此，像春之花、夏之果、秋之实、冬之草一样展现在岁月里，以酸甜苦辣、喜怒哀乐的形式簇拥成沿途风景，让心灵花园因为有了它们的色彩而充满了活力。“万物静观皆自得”，诗人以细腻的感触，用心体会大自然的诗情画意，领悟到其中之美妙。如“艾草青青蒲叶长”的《端午》，又如“潇潇暮雨闭疏窗”的《初秋听雨》。

诗集里像这样描写四季时节的诗歌有很多，充分体现了诗人以恬静的心态感受大自然的诗意美。

诗歌创作，是诗人情怀的展现。诗歌离不开抒情，何海辉老师的诗歌都是从心灵深处流淌出来的真情的泉水。他的诗歌创作扎根于亲情、乡情、友情，他热爱自己的故乡和亲人，乐于写故乡的事物和乡亲，写乡村的温情和感动；他珍惜友情， 待人真诚，诗歌里也充盈着人性的和谐、心灵的善意。他的诗歌中，能读到他的深爱悲悯和故土乡愁，能被他深深地感染和打动。如《再别故乡》中吟唱“ 芦花飘散了梦想 / 夕阳染红了风霜 / 我的忧愁从这里出发 / 在每个异乡的黄昏流浪”。

《归农》《梦归故园》《归去》《亲情》《乡情》《寄相思》《客心何事凉》《登梧桐山怀乡》……从这些作品的标题就可以看出，何海辉老师生活中处处有诗意，他用舒缓的笔调抒发了自己的纯真之情。

罗丹说："生活中不是没有美，而是缺少发现美的眼睛。"何海辉老师有一双发现美的眼睛，他以旅途所见所闻为创作题材，那村庄、炊烟、溪流、雪花、潮水、园林、一山一水、一草一木， 在他眼里都是有灵性的，他用欢快的笔调写下他的发现。从他的作品里可以看出，生活的触角融进了诗人诗歌的空间。如《印象张家界》"你躲在云朵里 / 浓浓的绿意倾泻而下 / 猝不及防地淋湿我厚厚的伪装 / 年少的心事 / 是和你共沐一场三月的雨"……

令人惊喜的是，任教生物学科的何海辉老师，却有着古典文学的功底，他的诗里浸润着古典文学的意境，意象的选择与营造都具有很浓厚的古典韵味，同时有着明快的节奏和唐诗的意境，让人读后回味无穷。他将自己的思想感情、审美情趣与自然景物贯通交融于笔下。他的作品属于继承我国传统文化的抒情诗，如《惜时》《叹春》《别》《时光》等篇章，情感流露单纯而美丽，但不是简单，不是浅显，不是直露，而是质朴纯粹而具深度的蕴涵。

何海辉老师把责任担在肩上，把学生放在心里，在平凡的岗位上，真正做到了教书育人，活出了不一样的精彩。同时，写作是何海辉老师生命的一部分，他富有诗意地活着，努力去捕捉生活的浪花，朝着一条更具有开阔视野并蕴含着多元面向的诗歌艺术之路开拓着、书写着。他是一位充满激情与诗意的好老师！

在此，祝福何海辉老师文思泉涌，佳作如潮！

是为序。

深圳外国语学校党委书记、校长

2020 年 5 月 8 日

幸福的遇见

穿过风的帘
细雨染过流年
冬天的素笺
写满你的诗篇
近在咫尺
也无从相见

走进你的暖
落花飘过窗前
时序的更迭
写满花开花谢
相视无言
让一切从简

在红尘里遥望
期待这场美丽的邂逅
念一处明媚
守一场春雨
把幸福写在花间
把感恩写进岁月

在春天里相约
憧憬这片美好的蓝天
遇一树花开
化一双彩蝶
即使再次地离别
也会一生相念

目录

第二章　遇见·四季　027

第一章　遇见·成长

老师和学生

是一首诗，一首绵延悠长的诗

是一首歌，一首激荡动情的歌

教学相长中，我们携手共进，共同成长

成长记录着痛苦，也镌刻下欢乐

沿着成长的足迹

一步步，我们走向成熟，走向未来

成　　长

青草含露资尚浅，
桃花带雨色亦浓。
诚知汲善心常在，
借以时日果硕丰。

教师节版——见与不见

你见，或是不见
我就在那里
玉树临风，或婷婷玉立
你听，或是不听
我就在那里
声如洪钟，传播真理
你学，或者不学
情就在那里
育人不厌，诲人不倦
你跟，或者不跟
我的手就在你手里
不舍不弃
教师节在墙上
而我在你心里
默然守望
寂静欢喜

相　遇

不是在最好的时光遇到你
而是在你最美的时光遇到我
就让我们一起看看风景
生命的渡口
来来去去
每一段旅程
总有温暖
每一个转角
总有感伤
谢谢陪你看风景的人
原谅逝去的时光
记住所有的美好
删繁就简
定格岁月的片段
任生命的潮水涌动
我心仍然会
在每个月亮升起的夜里
熠熠生光

深外[1]精灵

在每个普通的清晨
有一群可爱的精灵
张开双翅，迎风起舞
她们用心
书写深外
最浪漫的青春
在每个平凡的日子
有一群可敬的园丁
多才多艺，默默耕耘
她们用爱
唱出“深外”
对祖国的深情

①注：“深外”是指深圳外国语学校。

深外山茶

花深少态鹤头丹，
长伴松竹守岁寒。
唯有山茶偏耐久，
傲雪凌霜赛牡丹。

七律·深外芳华

又是满园百花鲜，一年春景胜一年。
德艺双馨垂懿范，春风化雨润心田。
冰清玉洁俗氛远，自信从容三尺间。
出水芙蓉尘不染，巾帼能顶半边天。

七律·深外美食嘉年华

美食天团不等闲，千般美味色香全。
心灵手巧展绝技，深外忽成美食街。
自娱自乐心意暖，欢声笑语共蹁跹。
家校齐奏幸福曲，红红火火过新年。

贺金杯

熏风解愠渚芳遍，
又闻天语颁新宴。
过关斩将展绝技，
意气风发正少年。

黎明之光

少不经世性乖张，
糊涂半生已苍凉。
九州倍有人才出，
一代更比一代强。

雪　　莲

青衫映彩霞，
白云幻哈达。
不是凡间物，
何必惹尘埃？

四海兄弟

四海之内皆兄弟，
天涯何处无芳草。
自信人生二百年，
广种福田天下小。

惜　时

才辞满树红，已起夏日风。
独恨归来晚，暮雨敲残钟。
人生何其短，时光太匆匆。
石开精诚至，读书少年功。

归 巢

燕南学堂留倩影，
梧桐书院续华章。
恰逢早春花暖树，
羔羊跪乳燕归巢。

为弟子赠书

三尺讲台赠诗书，倾尽师恩送祝福。
日晚爱行深竹里，月明多停小船埠。
千里送君终一别，三步回首泪盈湖。
浅尝新酒还成醉，亦出中门忘归路。

读庄子

始于立心，得于人和。
顺于天道，成于勤勉。
博观约取，厚积薄发。
注焉不满，酌焉不竭。

寒　窗

清水煮月光，恬淡自生香，
红尘三万里，不妨走一趟。
轻轻忘忧伤，绵绵山水长，
不经千世劫，哪来百世芳？

毕　业

酒红初上脸，雨微小荷鲜。
一朝听花语，三世枕花眠。
执手看泪眼，徐徐日西斜。
挥手自兹去，温暖如初见。

为学生写藏名诗

二〇一八年，天命之年。继初三(2)班“中考王炸”之后，迎难接初二(12)班，学生人数年级之首。然学子不负众望，一学期下来成绩斐然，三位年级前十，九位前三十，十九名居前百，运动会开幕式表演勇夺亚军，外语节英语拼词大赛荣获冠、季军，USAP 斩获银牌……为嘉其学、纪其功、励其志、笃其行，特为每人作藏名诗一首，共四十有六，历时十日乃成。上届优秀学子姚果佳，少时勤习书法，闻则欣然书之。以之记。

林瀚昕	瀚海扬帆抚素琴，昕晨起舞闻天音。 饱读诗书多才艺，汗牛充栋万里行。
廖子韬	含苞带羞藏深闺，韬光韫玉远是非。 子佩青青思悠悠，五马千金换不回。
沈欣然	泉涓而流始，木欣以向荣。 怡然自得乐，绿柳拂春风。
郑佳阳	南方有佳人，绝世而独立。 春阳草树暖，殷殷待佳期。
张芷毓	岸芷汀兰郁青青，绿野仙踪寻芳径。 豆蔻年华勤学早，禀道毓德才艺馨。
解青霖	雪消门外千山绿，忽逢甘霖杨柳青。 花暖喜迎南归燕，双尾剪开二月晴。
岑敏嘉	逊志时敏，嘉言懿行。 闻鸡起舞，德艺双馨。
谷佳宜	佳人有信，宜得其所。 桃之夭夭，灼灼其华。

黎娟子	子衿青青，悠悠我思。 月光娟娟，明我皓齿。
潘靖桐	擎双语，靖四方。 燕南飞，栖梧桐。
田雨霏	春江水涨烟雨霏，群山披绿云霞蔚。 江南好雨知时节，唤醒百花瑶池会。
吴俊甫	才思俊逸，甫周之翰。 浮光掠影，双语惊鸿。
罗玮琦	晋阳珮玮补己短，西门带弦取人长。 修身养性时自省，瑰意琦行成栋梁。
刘柄辰	谦为德柄，灿若星辰。 虚怀若谷，福泽一生。
沈熙宸	巍巍群山腾细浪，茫茫绿野布熙阳。 日积跬步节节高，宏宸万里美名扬。
刘小乐	大隐于市，小乐归田。 知足常乐，一往无前。

任俊上	清新俊逸，才思敏捷。 只争朝夕，天天向上。
边嘉琦	嘉言善行，琦赂可珍。 勤学苦练，平步青云。
洪家权	敬老尽孝心，爱幼一家亲。 均权讲民主，家和万事兴。
冉星宇	四海斗蛟龙，九天揽星月。 雷声振寰宇，不枉人世间。
刘星云	雏鹰奋羽，展翅高飞。 星云相伴，日月同辉。
邹竞鹏	中流击水千帆竞，大鹏展翅九天重。 儿时当立青云志，文韬武略建奇功。
余 悦	积善有余庆，和悦迎春风。 一夜春草绿，桃花映日红。
杨思敏	勤于思，敏于行。 忠于事，专于心。

蔡因慈	因心则友，载锡之光。 慈悲为怀，福泽四方。
刘艾琳	彼采艾兮，如隔三秋。 琳珉昆吾，王者之荣。
张家盈	人和家兴，瑞气盈门。 张家有女，秋波盈盈。
邓旭岚	旭日东升如火发，浮岚暖翠姿万千。 遥望群峰如指立，未乘白鹤已成仙。
毛昱婷	日光昱昱，袅袅婷婷。 有艳淑女，卿本佳人。
王山丹	青山扶绿水，丹霞照晚晴。 海上升明月，玉壶盛冰心。
连岳彤	彤云出岫，山岳潜形。 芙蓉出水，鼓瑟齐鸣。
张舒涵	晓云舒瑞气，涵澹生紫烟。 佳人舟前立，纸伞靠香肩。

汤伊诺	所谓伊人，在水一方。 千金一诺，不让须眉。
李美明	心善至美，明眸善睐。 西施浣纱，昭君出塞。
陈 念	不念过往，只念圣贤。 心无旁念，一念通天。
陈熙哲	夫唯大雅，卓尔不群。 禹惜寸阴，大业可成。
黄焜宇	习习何处至，熙熙与春亲。 自省比哲贤，饮水思源泉。
黄卓禹	身峻言和，恺悌君子。 忠信乐易，民之父母。
梁峻恺	大鹏展翅，一飞冲天。 旭日东升，焜耀环宇。
何清杨	穆如清风化万物，杨穿三叶有后人。 桐花万里丹山路，雏凤清于老凤声。

施鉴洋	洞鉴古今，明察中洋。 博观约取，厚积薄发。
余安东	学尽余力，以顺国昌。 安于磐石，屹立东方。
宇倍扬	休题城外三尺雪，明年春色倍还人。 晓风轻剪春草绿，意气飞扬马蹄轻。
单室铭	高岗卧麒麟，碧泓藏蛟龙。 海阔心无界，山高人为峰。
董泓麟	小室调素琴，案牍阅金经。 当奋燕然笔，铭功向云亭。
林尚乐	人生无再少，流水尚能西。 不饮一时乐，及时当勉励。

第二章　遇见·四季

时光荏苒，时节如流

春之盎然，夏之盛放

秋之沉甸，冬之藏敛

岁月在轮回中

沧桑了容颜

道尽了悲欢

厚重了生命

岁月如歌

一晃红尘江湖远，
岁月轮转几经年。
鬓染微霜心未泯，
凤凰花开又当前。

春暖的日子去看海

盼望了一个冬季
春暖花开的日子去看海
将所有的思念
洒满靠海的山崖
我得承认
欠你一封无法送达的情书
我得承认
欠你一份无法挽留的挽留
一切都回不到原点
梦，搁浅在沙滩
想，拍碎在礁石
一遍，又一遍
你知道
我是个浪迹天涯的旅人
注定无法停留
深深浅浅的脚印
划出一条忧伤的曲线
将最真最深的片断
遗忘在你的港湾

迎　　春

开门揽春芳，
张臂迎暖阳。
一指苍茫处，
淡淡流年香。

新年即景

堂前暖树争早莺，
池边瘦柳绽芽金。
老壶新酒杯杯满，
旧曲重唱深深情。

春别故园

昨日枯草今又青，
回首北望月正明。
才辞小院花满树，
驿人又动故园情。

鹏城春早

春水初生春潮涌，
春林初盛春雷动。
春风十里燕南路，
一片芬芳到梧桐。

叹 春

一夜烟雨下江南，
今朝涧水浮落花。
素衣煮酒翻黄历，
犹及清明可回家？

清明清明

临溪濯足戏鱼虾，
午倦小憩枕苏麻。
春暖邀得东风至，
儿放纸鸢我溜娃。

清明即景

春城无处不飞花，
不知此花为谁栽。
且借东隅三分地，
青梅煮酒话桑麻。

桃花几时开

早春赴天涯，
故园春来晚。
妹妹常采薇，
桃花几时开？

初夏·童心

把日子当诗，日子就有了明媚的色彩；把生活当酒，生活就有了浓郁的味道；把生命当景，生命就有了深厚的情意；把人生当梦，人生就有了精彩的梦幻。祝小朋友们六·一节快乐！

侧耳听新蛙，
咽津摘枇杷。
槐荫续春梦，
灿然开心花。

夏　至（一）

悠悠夏日长，
淡淡藕花香。
水天相接处，
椰风送斜阳。

夏　至（二）

恰似行云卷万里，
忽如流水穿山林。
纱窗难掩春光暮，
鹏城夜半听蝉鸣。

端 午

艾草青青蒲叶长，
南国六月荔枝香。
世人不知余心乐，
流溪河畔好乘凉。

入　秋

光阴难留指缝间，
岁月不改旧时颜。
坡头野菊翻金浪，
心中皓月何时圆？

秋　　歌

凉意随秋起，
长箫对月吟。
本是愁怅客，
瓢酒慰风尘。

秋　思

素心向秋清入眸，
庭前野菊人依旧。
红尘冷暖篱边分，
一世情怀赴水流。

伤　秋

雨打梧桐叶渐黄，
风卷残荷送藕香。
繁华落尽深秋院，
一钩残月锁新凉。

秋　月

窗前冷月夜无声，
醉眼迷离待天明。
秋风不解离人意，
吹碎西水一江银。

秋　语

人生如寄怨斜晖，
佳节酩酊莫相违。
鸿雁传书千万里，
何时相携彩云归？

初秋听雨

帘卷西风独自凉，
潇潇暮雨闭疏窗。
落红深处有冷暖，
世事沧桑也寻常。

中秋望月怀远

海角独行远，天涯相思重。
杯中溶溶月，耳畔淡淡风。
手捧清辉满，遥望月影重。
借我星河水，送我回湘东。

中　秋

守望一季蒹葭苍，
静待伊人在水方。
月光浅浅泊湖面，
心中微微泛清凉。

重阳二首

（一）

秋雁话离殇，
落叶送斜阳。
夜深凭栏处，
杯酒入愁肠。

（二）

斜雨敲疏窗，
薄衣试初凉。
离人相思苦，
黄花近重阳。

虞美人·重阳

风起叶落又重阳，
无语话凄凉。
十年生死两茫茫，
曲终人散唯有泪千行。
雨浸罗衫阵阵凉，
心事放两旁。
夜来幽梦忽还乡，
无惧山高水冷路更长。

又是重阳

天边红叶染初霜，
绿衣红袖趁菊黄。
异乡独举桂花酒，
遥敬双亲寿且康。

走入深秋

背上你的行囊
做一次奢侈的远足
你来，我等你
一起走进浅浅的秋光里
让野菊铺满山间的小路
让桂香弥漫整个山谷
尚未红透的树叶
已露出二分羞涩三分醉意
仿佛在比比
谁先醉倒在深秋里
谁先把五彩斑斓的心事
透露给乡间邻里
余时不多
寻一欢喜之地，住一辈子
遇一所爱之人，亲一辈子
叶落了，也静静地
躺在 你的怀里

踏莎行·晚秋

半帘幽梦，几度离愁。
情深缘浅意难留，
菊花未残人已瘦，
东蓠把酒黄昏后。

一行秋雁，十载春秋。
相对无言难执手，
未曾转身夕阳堕，
薄雾浓云愁永昼。

谢新恩·怀秋

夜雨秋风忽地起，红叶落寒溪。
念兰堂高烛，恨此情难寄，泪眼凄迷。
短相聚，长别离，聚散两依依。
浊酒一杯家万里，自古忠孝不由己。

入　冬

家住老梧桐，
路迷侨城东。
一夜空阶雨，
鹏城始入冬。

冬　　日

霜凝柳叶黄，
雪舞天色苍。
入夜无眠处，
一枕寒梅香。

青平乐·寒露

繁华落尽，
清露濯凡心。
残荷点点叶犹青，
目送秋雁无声。
也曾叱咤风云，
也曾波澜不惊。
此去山高水远，
从此云淡风轻。

小　寒

小寒雁北乡，
水暖地还阳。
不解三更雨，
滴滴带梅香？

日　暮

日近黄昏风满楼，
一船载走一江愁。
错过多少云和月，
平生只向花低头。

年　味

有一种思念
如冬日的暖阳
不紧不慢盈满心房
有一种招呼
如远山的呼唤
牵引游子回归的方向
有一种温情
如陈年的老酒
愈久弥香

种 光 阴

落花成雨岁静好，
日月轮回季常新。
三碗米酒生暖意，
清浅素笺种光阴。

四季如春

松子每随棋子落，
柳丝常伴钓丝悬。
向阳门第春常在，
积善人家福无边。

第三章　遇见·真情

寸草春晖的亲情

刻骨铭心的爱情

千岁鹤归的乡恋

天涯比邻的友谊

……

人间真情，历久弥新

温暖了人心

丰富了人生

充实了生命

唯有真情可动人

唯有真情最为贵

我看见你了

我看见你了
紧锁的眉头
结着丁香的愁怨
被风凌乱的刘海
还飞扬着春天的气息
闭上双眸
也理不清枫叶飘零的秋
某个宁静的夜晚
我醮满月光
一勺一勺
淋过起伏的山丘
古典朴素的韵脚
缓缓汇入心湖
多少次失眠以后
我终于确信
遇见你
是我一生最大的错

心　事

我独自去了远方
一路蜿蜒的心事
在四月里沾满衣襟
阳光细碎的打在脸上
把旧的时光漂白
这陈年的暗疾
隐隐着痛
路过有你的城市
樱花盛开
芳香的气息
扑面而来
那些远走的河流
又顺着原路返回

更怕惊动满绿的春光
一不小心就落了一地
我们的距离那样遥远
一步之遥即成天涯
我已挥霍掉所有的青春
只换来 此生与你
匆匆而过
那一抹浅浅的乡愁
时时化作泪水
不经意间就烫伤了心扉

回乡扫墓

城市与乡村
只隔着一片庄稼
我和祖先
只隔着清明
记住这一天
是和先人通灵的日子
他们可以循着碑前斑驳的字迹
同往常一样
轻唤我的乳名
也可以大口大口
吧唧我递过的好烟
还可以久别重逢般
唠叨家常……
三碗米酒
淋湿了回家的路
飞扬的纸灰里
我眯起双眼
风很大
雨很冷……

当我飘过

我是那朵云
曾经给您遮挡烈日灼灼
我是那场雨
曾经淋您一个凉凉透心
我甚至记不清你们的名
请忘了我吧
看在我曾经为您扛过的行李
请忘了我吧
看在我不曾给您添堵
花无百日
月有阴晴
当我是三秒燃放的烟花
当我是刹那璀璨的风景
忘了我吧
趁着我还未老去
本来就与世无争
给我一米空间
安放平凡的灵魂

无 题

一份眷恋在岁月中飘零
一枚思念的种子深埋入土
西风卷过厚厚的落叶
一行脚印
深深浅浅
抚摩有你的年轮
一圈圈快乐和忧伤的记忆
在千年深处 锃亮如新
指尖那一滴猩红落在你的唇间
是蜻蜓吻在荷尖
温暖而湿润
那一刻，我看到你
身段若莲
笑靥若花
夏日的景致成为秋染的那枚红叶
夹藏在心的扉页

打开是她……
合上还是她……
你走的那个冬日
始终没有回头
你的背影成为我眼角的墨迹
渲染 淡开
落在我肩头上的雪花
至今都没有融化……
我沉醉于一盏穿肠的毒酒中
在苍凉的人世间穿行
梦里梦外的相逢
注定短暂
那细雨春蕾的愿望
如同隔世
天涯咫尺
秋雨绵绵

再别故乡

轻轻是我离别的脚步
家园依稀忍不住回眸
多少年生我养我的故土
淡淡月光思念成河
慢慢挥动告别的双手
视线模糊如何看清楚
多少年亲我痛我的爹娘
盈盈泪光拂满衣袖
芦花飘散了梦想
夕阳染红了风霜
我的忧愁从这里出发
在每个异乡的黄昏流浪
岁月风干了记忆
记忆铭刻在心上
我的牵挂早已经生根
长在那山高水长的故乡

从今天起

从今天起
我在佛前放弃一切的执着
对你的离去不再挽留
以及前世求了五百年的回眸
从今天起
我抛弃见与不见的踯躅
让阳光的问候
温暖每一个角落
从今天起
我的蓝天之上有微风掠过
让每一次呼吸
都幻化成喜欢的云朵
从今天起
我祝福你的所有
让璀璨的花海
为你三生三世地守候
从今天起
我要纵情放歌
让欢乐的音符
流淌成亘古不变的河

又见桃花开

一到三月
心思总是疯长
经营多年的寨子
已经清扫所有的街道
大大小小的树丫
挂满了曾经的许多想法
不是说你去年的今天会来看我吗?
不是说你今年的今天会来看我吗?
不是说你明年的今天会来看我吗?
年复一年的冲动
年复一年的热烈
年复一年的奔放
一万次的回眸
只为你
一次偶然经过

心　结

出了几天远门
一屋子的现实
来不及打扫
曾经飞过的天空
划出一道优美的弧线
那是天上虹
烟驱散不了我的心结
躲在城市的一隅
狠狠怀念 故乡明亮的秋

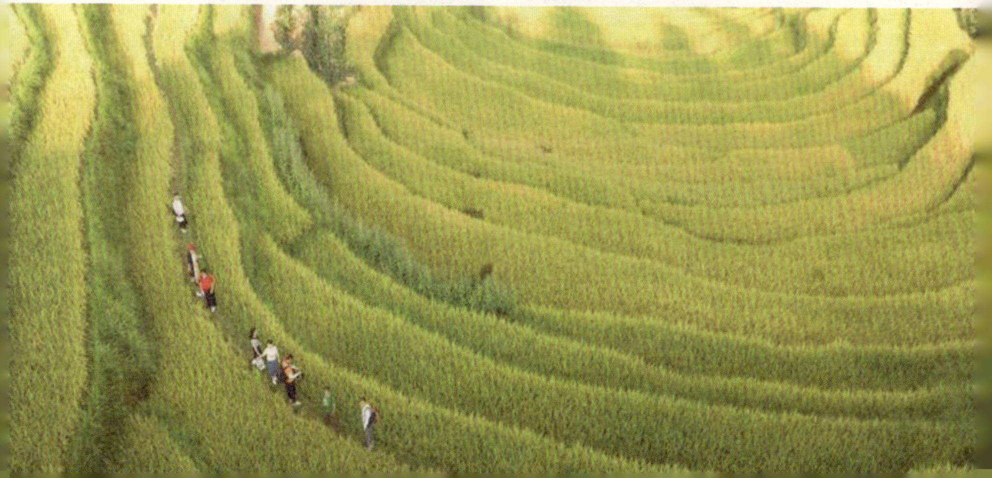

别

人生如逆旅，相遇太匆匆。
壶中酒未尽，客散一阵风。
不及道珍重，人去玉楼空。
再见待何日，山水千万重。

风中少年

裹足难向前，
心远天地宽。
登高苍山翠，
风中已少年。

归　农

悲喜浮生一梦中，
菊残傲枝舞秋风。
秦山越水齐呼唤，
但求健在好归农。

梦归故园

旅泊年岁久，梦归故乡来。
弯弯一月桥，寥寥几树花。
小竹随墙走，石径总生苔。
古井汲甘泉，旧园剪新菜。

共　勉

厚德载物舟行远，
勤俭持家福报长。
滴水之恩涌泉报，
赠人玫瑰手余香。

相　　知

彼岸的守望，是此岸的感动；千里的陪同，是心中的丰盈。
最深沉的爱，总是风雨兼程；最浓厚的情，总是冷暖与共。

善为至宝，
心作良田。
心若相知，
默契无言。

归　去

有幸习得闻花语，
一壶老酒慰平生。
阅尽世间风和雨，
笑揖前山月一轮。

耕　　牛

心闲处处闲，
不拘山水间。
本是孺子牛，
到哪都耕田。

缘

擦肩陌路为缘浅，
相遇白首是情深。
不惜千金换美酒，
只愿苍松锁白云。

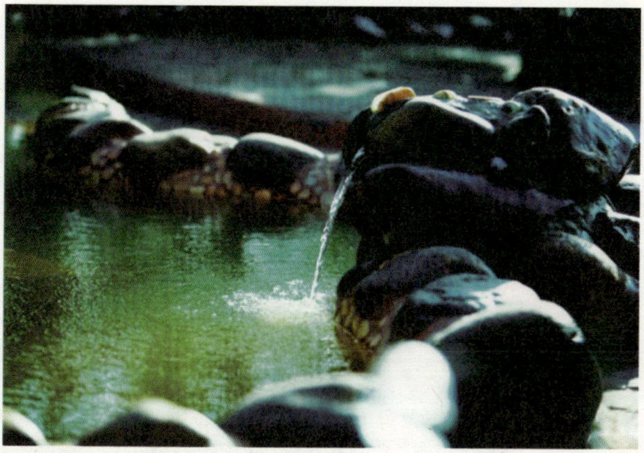

自　嘲

云淡风轻过午天，
走马观花近中年。
添砖加瓦寻常事，
一生风月且随缘。

同　窗

海内存知己，天涯若比邻。
荷庭盛月色，鹏城话乡音。
麓山探幽径，捷取爱晚亭。
科学有险阻，你我共攀登。

归　深

秋风吹不尽，
乡里有乡亲。
落叶惊山鸟，
朗月伴我行。

亲　情

浮云虚幻眼迷离，
春风十里不如你。
十指连心一家亲，
血脉相承总相依。

乡　情

敬天敬地敬神明，
敬山敬水敬双亲。
土生土长土中味，
乡里乡外乡时情。

寄 相 思

胭脂绯红点绛唇，
茶白黛绿描一春。
百般心思十样锦，
遥寄明月约黄昏。

客心何事凉

客心何事凉？
木染夜时霜。
白发江渚上，
惯看落叶黄。

回　　乡

红砖扶绿树，
炊烟起土墙。
抖落百般尘，
千里返故乡。

夜 归

酒过三巡觉寒意，
睹物思情倍感伤。
强颜未到伤心处，
秋叶无声泪两行。

素心向明月

庭堂轮四季，门口横江船。
案牍有书酒，耳边挂歌弦。
杜鹃掩白墙，桂香绕屋檐。
素心向明月，慰我一世癫。

江城子·伤别

江南暮归青雨巷，
笛声扬，费思量，
红尘往事，逐随岁月黄。
刹那芳华落浅塘，
湖心荡，影无双。

谁蘸相思摹鸳鸯，
情已殇，梦无常，
顾盼左右，云遮月无光。
此去一别千万里，
亭远望，夜微凉。

相　思

往事如风天转凉，
谁为相思续新章？
跋山涉水寻旧路，
千回百转空惆怅。

蝶恋花·送友

草长莺飞阶前绿，天上人间，好景不常驻。
常恨春归无觅处，夜深难题断肠句。
十年挥手自兹去，红尘陌路，情深无缘聚。
泪眼纷飞愁无绪，望断天涯剩孤旅。

十一月十四日赏大月

花间一壶酒，月下约佳人。
童趣二三事，娓娓叙详情。
朱唇启皓齿，明眸闪泪痕。
为君倾耳听，流水过知音。

登梧桐山怀乡

梧桐青青水迢迢，
秋尽鹏城草未凋。
鸿雁千里传家信，
故园正值雪花飘。

第四章　遇见·美好

智者乐水

仁者乐山

阅南北风情

赏东西胜景

知人间冷暖

最美的风景在路上

人在旅途，感悟人生，享受人生

八月九日四登黄山

鲜衣怒马卸一边，
绿水青山映心田。
年少不懂徐霞客，
读懂苍梧已中年。

印象张家界

你躲在云朵里
浓浓的绿意倾泻而下
猝不及防地淋湿我厚厚的伪装
年少的心事
是和你共沐一场三月的雨
轻轻款款的脚步
敲击我的心扉
我以花开的声音
掩饰内心深处的战栗
慌乱中的那一簇嫣红
绽放在生命中的每一季
我们都是命运中的过客
一旦奔向远方
纵春光烂漫，花开旖旎
也无从

延续那惊鸿一瞥里
魂牵梦萦的欢愉
弯弯曲曲的流殇
将你的长发揽入我如水的文字
每一个月光宁静的夜晚
我都会在一朵素色花瓣上
默默临摹着你的样子
多年后你清秀的身影
是否还和以前一样
默默注视着你温柔的双眸
任淡淡馨香湿润眼眶
当列车的汽笛再次响起
我依然不愿承认
你已经远去……

龙门①偶遇

残垣现旧景，
古韵入画屏。
春归无觅处，
悲喜本由心。

①注：“龙门”是指广东省龙门县温泉度假区

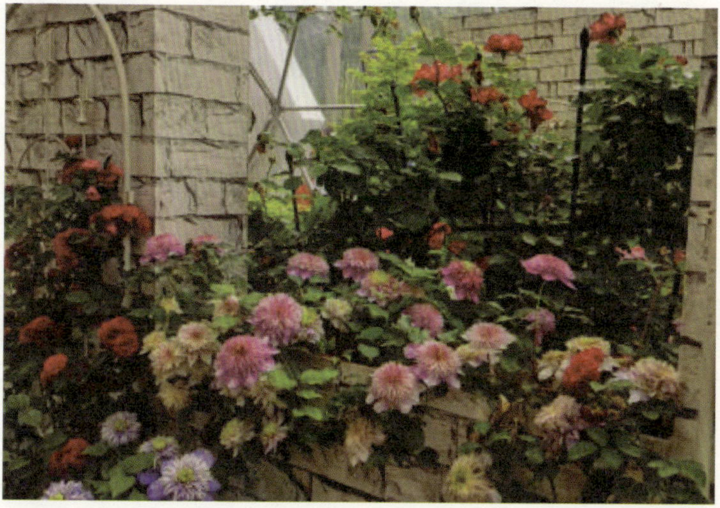

早起观花

烟雨笼山林，
冷烛照画屏。
踏青脚衔泥，
弄花香满襟。

雨中登云髻山①

偷来浮生半日闲，
携子同溯新丰源。
山高路险人烟少，
低头看路只向前。

①注：云髻山主峰海拔 1438 米，是珠三角地区的第一高峰，也是新丰江的发源地。因山峰像古代老人盘在头上的发髻及多藏于云雾中而得名。现有名的万绿湖就是原新丰江水库，为解决香港同胞饮水而建。

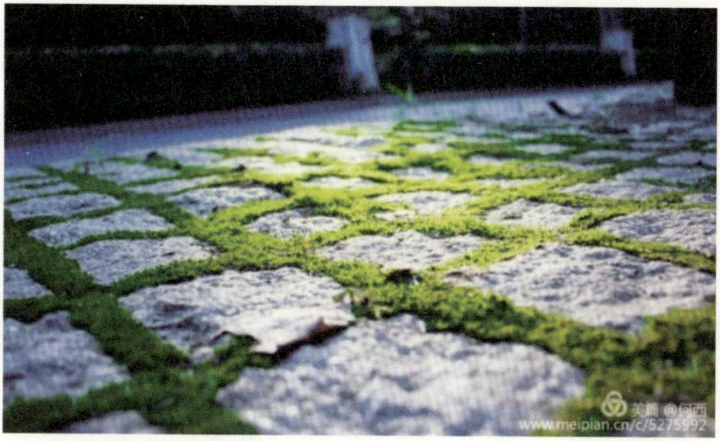

早登望云亭

一夜春雨急，
落花漫江堤。
半生沉浮事，
没入烟波里。

平湖不辞空山月

平湖不辞空山月，
寂寞常留溪桥边。
忙与不忙多商量，
见与不见心还念。

梅沙听潮

三洲田边牧彩云，
梅沙书院听涛声。
万丈高楼平地起，
快马一鞭又一程。

坝上雪景

玉树琼花映日红，
俊马欢腾竞春风。
老友相逢应更喜，
从来盈尺瑞年丰。

读 婺 源

桂花载酒少年游，
十年再遇江南秋。
纵有彩帛千色笔，
难摹江北一条沟。

营盘圩[1]赶集

驱车归来酒未醒，
青山雾绕碧水静。
万千俗事随风远，
摘得星辰满袖行。

①注：营盘圩乡位于江西省吉安市遂川县西南部，南界湖南省桂东县，西依湖南省炎陵县，地处两省三县交界处。

临水而居

碧岭飘玉带，珍珠落玉盘。
随风潜入境，放马大南山。
临水居闲钓，夜探月宫寒。
此间神仙乐，不借彩云还！

野菊

不与百花争枝头，
篱边野壑自风流。
戏蜂虐蝶秋风舞，
酒酣赤脚下西楼。

登齐云山①

梦牵魂绕齐云峰，
秋光不与四时同。
一山一水九寨景，
一桥一木总相逢。

①注：齐云山，国家森林公园、国家级重点景区、国家自然遗产、中国生态自然景区、中国风景名胜区自驾游示范基地、中国青少年户外体育运动营地，是湖南十大名山之一、中国十大非著名山之一，享有“齐云仙山甲天下”之美誉。

登铁山鸟垄[1]

暂别车马喧，
一曲江湖远。
半壁草没径，
伸手能摸天。

①注：铁山鸟垄位于湖南省桂东县增口乡金兰村，地处罗霄山脉南端，是每年候鸟迁徙的必经之道。

七月七忆故乡仙缘桥①

别梦依依忆故园，
千里迢迢一夜牵。
有缘自有仙桥在，
相逢何须等一年。

①注：桂东仙缘桥，位于湖南郴州桂东县普乐乡新庄村齐云山风景区青石洞的白马山上。又名相思桥、爱情桥、姻缘桥、情侣桥、仙人桥、仙女桥等，在《读史方舆纪要》正文·卷八十二 湖广八记载：桂东清石洞，在县南七十里，有石桥长百余丈，非人力所创，名曰仙女桥。

夜　思

加州酒尚好，
月是故乡明。
不行万里路，
不知卿多情。

出　　海

昨日再好回不去，
明天再难要继续。
碧波踏浪舟行远，
天马行空任思绪。

游流溪河[①]水库

不羡鸳鸯不羡仙，
轻舟划破水中天。
快活只是繁化简，
绝味只需一招鲜。

①注：流溪河位于广州市从化区的西北部，是由众多溪流汇集而成。其发源于从化区吕田镇与新丰县交界处，先后汇集多条支流后，穿越黄瑶山峡（又称石马山峡）流入流溪河水库，始称流溪河，又称吕田河。

农家小乐

山高看月小，
心远地自偏。
酒到酣畅处，
歌罢枕花眠。

进　山

溪边韶景无穷柳，
繁华落尽满树果。
闲来无事访山居，
日暮同饮山中酒。

心　荷

静谧尘不染，轻逸绝芳华。
淡淡风痕处，心似莲花开。
娉婷阡陌间，幽香自然来。
质本还洁去，何必惹尘埃？

题武陵桃花春

轻风慢摇窗前灯，
人间四月已春深。
不入武陵桃花径，
怎知江南几许春？

春赏葵花有感

少年出乡关，
天涯即为家。
心中有暖意，
处处开葵花。

十里牌采野香菇

十里牌前觅仙踪，
风光不与四时同。
人间自有绝味在，
得来需费一番功。

牧　云

早起长空牧彩云，
暮归遥看万家灯。
岁末将辞春不远，
皇天不负有心人。

湘水·洞庭

湘水滔滔不复回，
橘子洲头柳叶垂。
洞庭烟波八百里，
明月不照玉人归。

蝶恋花·世外桃源

盈盈浅笑眉颔首，
纤纤玉手，
细把蜂儿数。
几树梅花迎风抖，
满眼芬芳随溪走。
世外桃源何处有，
红泥小火，
有客茶当酒。
散尽红尘千般愁，
斜阳更在风雨后。

赏 菊

弱骨散幽葩，
金蕊泛流霞。
秋来日渐暖，
冷香入君怀。

七律·咏荷

菡萏香殒百叶残，铮铮铁骨御霜寒。
无边寂寞悄悄下，扑面藕香阵阵来。
六月芳菲叶如盖，苍翠难掩灼其华。
婀娜胜立皇家院，朴素进得百姓家。

庐山观云

手执青秧倒插田，
低头常见水中天。
不畏浮云遮望眼，
腹有诗书意自闲。

水调歌头·神州高铁

早辞海珠城，
暮宿青城东，
万里河山壮阔，
缤纷画中游。
不管千沟万壑，
彩虹当空飞舞，
天堑变通途。
有日蜀道难，
难于上青天？
凝壁血，
照丹心，
续春秋。
万众一心中国梦，
旧曲谱新歌。
不畏前追后堵，
开创一带一路，
心连亚非欧。
广迎世界客，
曙光照神州。

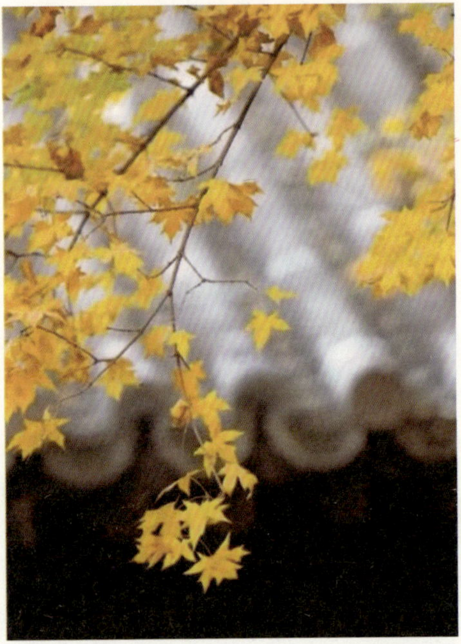

垄上行

红尘陌上车行晚，
苍海横流竞白帆。
卷尽残荷风未定，
又逢秋雨下江南。

桂花赞

雨落心湖生涟漪，
清风拂面续缠绵。
共道幽香闻十里，
绝知芳誉已千年。

题十里桃林

去年踏春入溪谷，
十里嫣红蝶飞舞。
秋尽不寻桃花径，
轻抖衣衫珍珠落。

卜算子·寻芳

层林送晚霞，
绿水绕人家，
踏芳寻径天色晚，
进退唯两难。
纤纤兰花手，
柔柔摘桂花，
去年花丰胜今年，
何故君不来？

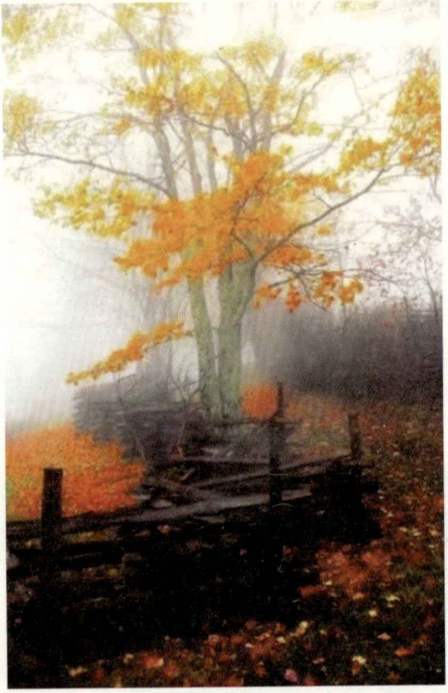

观南雄杏叶有感

冷月不遮阶前绿，
早霞难掩秋意浓。
岁月可知静方好，
心有灵犀总相逢。

看　　农

浅酌云水间，
细作一方田。
水流任急境，
花落意自闲。

听　　雨

骤雨随风至，阶前水潺潺。
几旁茶袅袅，与君一席谈。
庭檐落飞燕，久久不忍离。
梵音绕梁驻，不肯落尘埃。

游松山湖

忙里偷闲一日游，
阅尽华夏五十州。
习得绝学凌波步，
松山湖畔续春秋。

你是我的菜

自古佳肴出浅海，
从来绝味自深山。
莫道河岸猪肉贵，
自家小菜自家栽。

十月十日游大明湖

风轻雨疏枫桥过，
深院难锁柳叶秋。
低眉颔首烟雨巷，
大明湖畔遇雨荷。

重走翡翠谷

总有一座山，打动你的心弦
总有一群人，勾起你的回忆
总有一些地，在生命里泛起涟漪

重游十寨沟

千里驱车意如何，
偷闲重掠十寨秋。
五彩石上飞白玉，
小塘新绿赛娇羞。

题翡翠谷

苍松翠柏点秋韵，
小家碧玉初妆成。
此景只疑天上有，
人间能有几回闻？

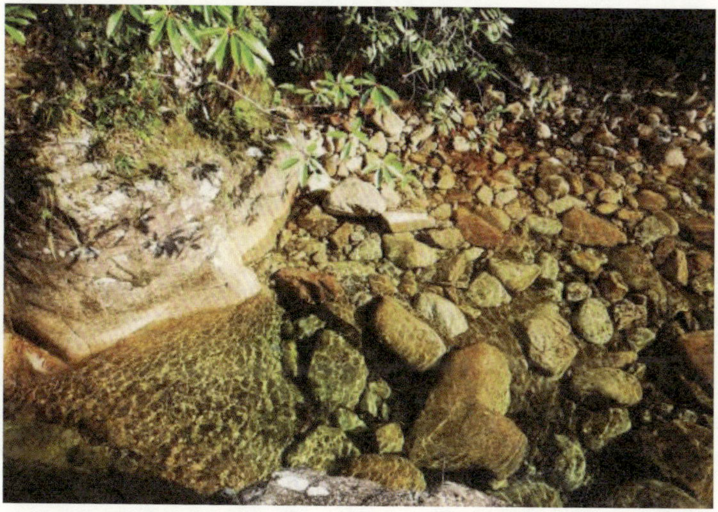

第五章　遇见·你

一沙一世界

一花一天堂

一叶一追寻

一曲一场叹

一生只为你

无限在眼前，刹那成永恒

海边断想

有的时候
寂寞是一枚种子
种在热闹的田里
越喧嚣越发芽
有的时候
饥饿是一种假象
不管食品如何丰盈
越吃越饿
有的时候
欲望是一座天平
平淡的日子里
越简单越轻盈

归　深

春寒料峭碾冰辙，
千里驱车向南行。
曾为红梅醉不归，
不知鹏城已春深。

初　愈

一年光景有限身，
落花风雨更伤人。
卧榻昏睡才三日，
窗台弱柳已扶春。

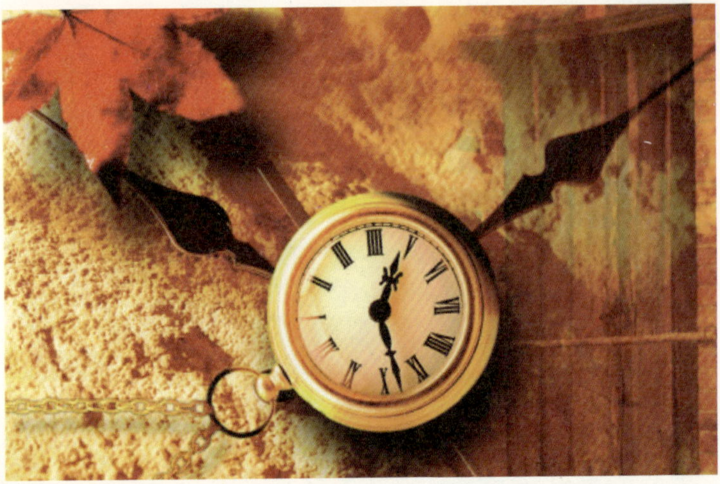

时　光

一弯浅笑情万千，
转眼苍海变桑田。
心中若存桃花境，
何处不是水云间？

打　渔

银河宛转三千曲，
浴凫飞鹭绿波澄。
仰天大笑出门去，
我辈也是打渔人。

品　棋

天高不自语，
地厚无多言。
输赢一笑过，
品棋德为先。

怡 情

心内存山水，
胸中隐丘壑。
花间一壶酒，
月下听松落。

光　阴

时光如水，
缓缓而来。
不念过往，
活在当下。

夜

清风拂垢面，
温汤洗浮尘。
虫喧花无语，
月出千山静。

归　真

蜗牛角尖争短长，
无病才是仓中粮。
尝遍世间珍羞宴，
方知绝味是平常。

悼 金 庸

轻寒上小楼，
薄雾锁深秋。
此去江湖远，
一剑泯恩仇。

知　足

淡泊名利云水襟，
拈花一笑心地宽。
知足常乐悟人性，
得失随缘泯恩怨。

听　琴

明月送秋雁，
琴声拂流年。
青丝高挽起，
白纱轻如烟。

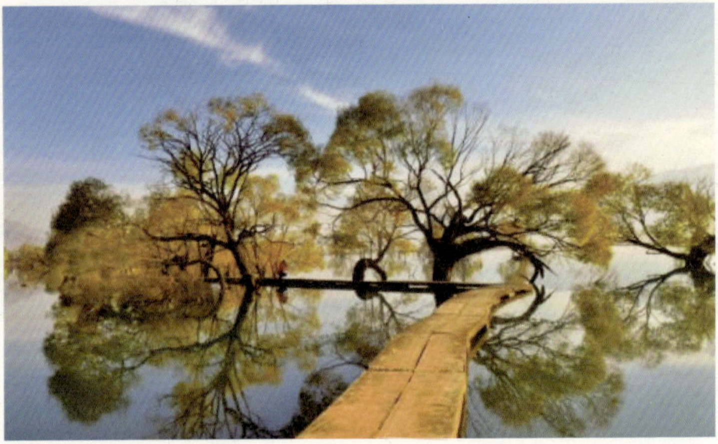

日 子

花前
月下
风中
雨里
一屋
两人
三餐
四季

布　衣　吟

风流不在谈锋盛，
袖手无言味最长。
布衣常种梅兰菊，
一杯浊酒伴花香。

茶

月上西楼独徘徊，
池剪孤雁影正单。
身湿不缺一阵雨，
心暖只须一壶茶。

糊 涂

不争无位争无味，
无位无味真无为。
真亦假来假亦真，
非是是来是是非。

寻　梦

千里相寻少时梦，
无边飞雨落花中。
流水但辞春去远，
行云终究与谁同？

渡

帘卷落花梦一场，
但凡有心岂不伤。
人生哪有多如意，
早离苦海渡慈航。

踏雪无痕

黎明不点佛前灯，
黄昏不敲朱户门。
芳华逝去善致远，
扬鞭踏雪已无痕。

平 常 心

远处为风景，近处是人生。
心宽天地广，夜黑星月明。
潮平江水阔，风正一帆轻。
四季风轮转，千辐归一心。

自　嘲

拜遍仙山又如何？
心生莲台随意坐。
好事难做也要做，
广种福田薄收获。
福贵如云眼前过，
琴棋书画且为乐。
江湖策马事多磨，
天涯看花神仙妒。

自　律

修身养性靠自省，
早晚闻道思贤齐。
恰逢春阳水草茂，
不用扬鞭自奋蹄。

禅　修

晨钟清六根，暮鼓洗凡尘。
身经三生劫，修得慈悲心。
历尽万般难，练就金刚身。
风起莲叶动，佛度有缘人。

结　庐

不羡鸳鸯不羡仙，
结庐高卧竹溪边。
渔家自有渔家乐，
二两烧酒又一天。

罗霄避暑

暂作清闲客，
静观水送花。
富贵如浮云，
笑脸迎烟霞。

品　茶

半生已过褪浮华，
且将往事煮成茶。
一杯浓沉一杯淡，
云霞明灭不复来。

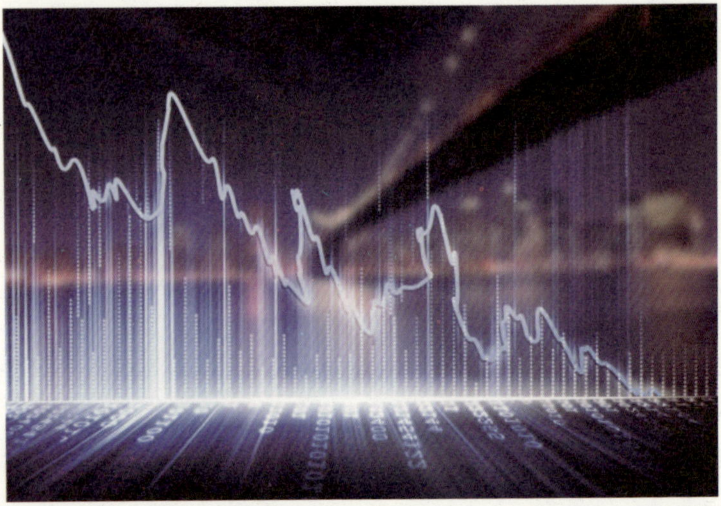

股灾 · 2017 年 11 月下旬

于无声处听惊雷，
泥沙俱下乱石飞。
太平盛世逢乱象，
潮起潮落能几回？

入　冬

西子湖畔遇凉风，
残荷未消昔时容。
霜染秋叶红透骨，
多腌青菜好入冬。